私だけのカノン

by Kurumi M.

文芸社

もくじ

私だけのカノン

あと少し
許されるなら聴いていよう
こころの奥まで
沁み入るカノン

蝋燭のほのお消したる瞬間を甘き香りがほのかにつつむ

水晶のひかりの波動感じおりわたくしの胸透きとおるまで

今日も一日の疲れを癒すため一日の最後に聴くカノン

所在なくレコード聴き入る昼下がり
ラフマニノフは陽なかにゆるる

コーヒーに溶けざるミルクしばらくを白きまだらとなりて渦巻く

カクテルを
ほんの一口飲むだけで
こんなに変わる
こころのおきて

ベッドの上で世界中の幸せをあつめて吸い込む土曜の朝

どんなにか混沌とする夜がありとも　朝は光の中に生まれる

永遠というははなかくも未来の彼方より来るあなたを待ちぬ

いつになく心揚《たか》まる朝《あした》なり昨夜の宴の魔法のゆえか

天に向き開く木蓮しずかならやがては宙に失せゆける花

明け方の三号線を突っ走る闇から明にぬけ出るべく

五月の光の中にもう夏を感じている並木は招く青のさざなみ

デファンバキアの葉を噛んでみたくなる終末のバルコニーの風

高層のマンションに一人棲みはじめポトスの葉も咲きいずりたる

鎌倉は湘南の匂いほのかなり思いはつづく遠く海まで

潮風に砂さらさらと鳴りおれば吾もさらさら白砂とならん

ビィオリンの何故にせつなきメロディーに遠い記憶がよみがえり来

欲しくても買えざるアンチックドール今日も夢の中にて抱く

オルゴール付き時計を買いて

明日から朝が来るのを

楽しく待つの

藤色のはなびら垂れいる花菖蒲
舞妓のごとし　水際の宴

美人画の展覧会場眺めゆく
大正浪漫の華香る道

宇宙

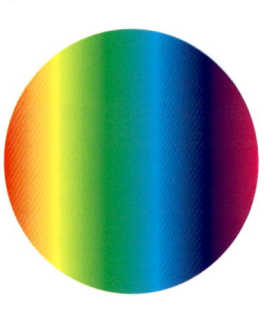

宇宙都市漂うスペースワールド見つつ通勤経由のバスで

宝石を散りばめいたる
夜の景
神の摂理か
九州・八幡

工場のけむりのなかに咲く花かネオン煌めく黒崎という街

雨あがり昼の陽射しに冴えわたる『国際通り』の濡れたる舗道

皿倉山を映したる細長きミラーで覆われし『響きホール』

北九州より東京への道は遠けれどもこころはかよう小宇宙ゆえ

黄昏の工場地帯を背景にパラグライダーの黄が光りおり

底冷えの鉄の街より宇宙都市へ移りゆく感じあり九州・八幡

雨あがり視野に浮かぶ虹の輪に地球を円と想う感覚

マンションの窓に流るる水滴の中にし浮かぶ雨の町並み

プラネタリウムの椅子にもたれて仰ぐ空の星座はわれを銀河へ誘う

黒崎の祇園の夜の華やかさすでに心は奪われており

紫川をしかけ花火が流れたりごうごうと滝のなだるるさま

空にひらく花火仰げる夏祭り　ともに仰ぎし君はあらざり

市庁舎の最上階よりながむ街　乳白色の霧に佇む

いかほどにさびしき生の放浪者とて愛はあります掌のなか

七年の放浪のはて戻りたる君の住む街わが愛す街

いくつもの都市《マチ》をへてきてこの町《マチ》は君と出会ったとくべつの街《マチ》

近代に生まれし八幡製鉄群美の建築と生まれ変われり

街創りシンポジウムに出席し講師のなかに懐かしき人見ぬ

春の底

幼女と妖女似ても似つかぬしかし乍ら人を惑わすことは似ており

生まれたければ生まれてみよと言う　母の体内　羊水の中

君が言うエロティシズムのひびきには
許されていくたしかさがある

真夜中のするどきひかり見しわれに　春の嵐を告げて雨降る

不可解なれどバルトークの四重奏たしかに心とき放したる

一晩に二つの心綾なして　天使と悪魔われに息づく

日曜という日があるも所在なく茶店に若き父子を見ており

たゆたゆと真昼の日差し浴びおれば意識の奥に沈む鬼あり

さびしさをもてあましたる休日の春の光の明るきに座す

あまりにも引っ込み思案が罪となり愛は吾をとおり過ぎゆく

三十路まで男なしで生きくればからだは愛をもとめていかん

キリスト教は性を抑圧せしがエロスのかおりぷんぷんとして

雷がどこからともなく聞こえきてわれに不穏なささやきがある

瑠璃色のラピスリングをはめたればふとしも宇宙感覚めざむ

永遠に一人というは哀しくも試練はつづく世紀末まで

雨はれて虹かかりたる空の下庭の若葉の色つやつやし

メンタルな医師の言葉に翻弄され
　魅せられたる日があるということ

ひとかけらの失望胸に抱きゆく五月のはれざる天気のように

食欲や性欲に似て突き上げてくる新しき知的欲望

原型はそのままでは変わらぬ顕在化してのみ形は変わる

彗星の周期のごとく十年に一度逢うと決めている人

つぎつぎと友の結婚見送りてわが行末を沁みて思えり

友らみな愛しき者に嫁ぎゆきひとりの夜の底いは蒼し

遠方に嫁げる友の披露宴終わりて写るわかれのショット

東京

ニコライ聖堂ながむホテルにて明日結婚する友の顔やさしき

わずかの才伸ばすため結婚せざる吾の顔蒼くたおやかなり

アークヒルズより眺む新宿高層ビル群幽けき世界

人は皆求めるゆえの放浪者パリの大空へはばたけ児らよ

今朝東京に旅立ったひと想い無事祈らん・蘭そだつ部屋で

眠気さす遠のく意識にどこからか雨音にまじりピアノ聞こゆる

米軍基地ありぬ立川の空に飛行機雲ひとつ浮かんでおりぬ

わが胸を打ちくだきゆく哀感はあるかなしかの嫉妬のくさり

どれ程の香水よりもほのかなり薔薇園の一輪のかおり

九月の雨

音もなく雨降りしきる静けさに秋ただよわす朝のひととき

熱さめぬ熱き体を横たえて薬でまどろむ午後のせつなさ

彼岸花咲きほころびるその前でしゃがみこむ吾にさみしさひとつ

淋しさとせつなさを季節にたとえれば秋はせつなさ冬は淋しさ

朝霧にひとりたたずむ湖畔にて風の妖精肩にささやく

雨だれは九月の雨と思うゆえ内なる吾に向かい行く音

汽車を待つわづかをすごす喫茶店別れのシーン味わっている

霧雨にうすくまぎれる
オペラ座の
ピサロの絵に郷愁ただよう

光よ永久に

『北九州の光よ永久に』

北九州の歌

ああ　なつかしき　北九州
ああ　望郷の　北九州
その昔鉄によって目覚め
鉄によって栄え冷え
今また宇宙によって甦り
地球に生まれた宇宙となる

新生北九州は　新しき価値ソフトを生んだ
門司のレトロ港
小倉のコンベンションシティー
文化の香る戸畑のテクノセンター
若松の自然ワールド
そして八幡の宇宙

日本基幹産業発祥の地・八幡は
北九州のセンター
生産都市はシュールレアリズムを生み
文学・美術に超現実をあらわせしめた

七色の虹はここから発生し
一世紀の風雪を越え
やがて　すべてを越えるきらめきを
発し始めた
ひとつのきらめきは
やがて大きな光のうねりとなり
シャワーとなって　世界を照らしゆくだろう

宇宙に一番近い都市はこうして生まれた
平成の新しき光と虹は
この地より世界を照らす
ルネッサンスの時は
今北九州より世界へ

ＦＲＯＭ　北九州　ＴＯ　ワールド

郵便はがき

恐縮ですが
切手を貼っ
てお出しく
ださい

1 6 0 - 0 0 2 2

東京都新宿区
新宿1－10－1

(株) 文芸社

ご愛読者カード係行

書名			
お買上書店名	都道府県　　市区郡　　書店		
ふりがな お名前		明治 大正 昭和　年生　歳	
ふりがな ご住所	□□□-□□□□	性別 男・女	
お電話番号	(書籍ご注文の際に必要です)	ご職業	

お買い求めの動機

1. 書店店頭で見て　2. 小社の目録を見て　3. 人にすすめられて
4. 新聞広告、雑誌記事、書評を見て(新聞、雑誌名　　　　)

上の質問に1.と答えられた方の直接的な動機

1. タイトル　2. 著者　3. 目次　4. カバーデザイン　5. 帯　6. その他(　　　)

ご購読新聞　　新聞	ご購読雑誌

文芸社の本をお買い求めいただき誠にありがとうございます。
この愛読者カードは今後の小社出版の企画およびイベント等の資料として役立たせていただきます。

本書についてのご意見、ご感想をお聞かせください。

① 内容について

② カバー、タイトルについて

今後、とりあげてほしいテーマを掲げてください。

最近読んでおもしろかった本と、その理由をお聞かせください。

ご自分の研究成果やお考えを出版してみたいというお気持ちはありますか。

ある　　ない　　内容・テーマ（　　　　　　）

「ある」場合、小社から出版のご案内を希望されますか。

する　　しない

ご協力ありがとうございました。

〈ブックサービスのご案内〉

小社では、書籍の直接販売を料金着払いの宅急便サービスにて承っております。ご購入希望がございましたら下の欄に書名と冊数をお書きの上ご返送ください。（送料１回380円）

ご注文書名	冊数	ご注文書名	冊数
	冊		冊
	冊		冊

内海

晴天の瀬戸の匂いを吸い込みて海流のようにこころうずまく

寂しさはじわじわと身に押し寄せる

寄せては返す波のごとくに

大小の島を巡りて行く船に瀬戸の内海しずかに波うつ

瀬戸内の近くの街に住みながらこんなに遠く海を感じる

陸続と続く大橋架けゆけば海の歩道となりぬ『しまなみ』

潮の香が
ほのかにただよう
瀬戸の町
海の向こうの
あなたに送る

カノン・パートⅡ

夜のライトに中之島公会堂浮かべるを見つつ淀屋橋渡りぬ

大阪より奈良への路《みち》心変わりつつ近鉄奈良線ロマンロードで

煩雑な世間をはなれ斑鳩の伽藍の空気にしばしひたりぬ

法隆寺にて

エンタシスの太き柱に寄りかかり遠きギリシャに想いを馳せる

東洋の秘宝をあつめし古都歩き　いにしえの奈良に想い巡らす

弥勒菩薩半伽思惟像のほほえみはわれの五体をやわくつつめり

眠れずに夜を明かした朝なればブルーのわたくしが珈琲を飲む

さびしさの滴りとして涙落つ月光菩薩の笑みの魔法は

ベルリンの東洋美術名品展　福岡市博物館にて開催されぬ

前池のおもてに影を映しいる博物館は宮殿のごと

ベルリンの壁はくずれて　日本にきたれる秘宝まのあたりにす

輝きし諏訪湖の水の薄青さ
見ゆるハーモ美術館の窓辺

晩年に花開きたる画家達の色絵を見たるハーモ美術館

終末に向かう世の中で何故*『愛は勝つ』とはげしく歌うの

＊ＫＡＮ『愛は勝つ』

没落の*『斜陽』の和子の産みし子は不倫の子なれど太陽の子

＊太宰治『斜陽』

北国の天才画家の美少女よふたつの愛のかたちに生きたり

渡辺淳一『阿寒に果つ』より

旅先でふらりと入るギャラリーに『いわさきちひろ』の絵の児笑いぬ

ひっそりと日田を歩きて豆田町　岩尾薬局栄華をつたう

旅先の茶房に入りウエイトレス『お一人様』と聞かれたじろぐ

ひとり旅を虚しと思うときもありて袋小路のごときわが生

いつまでも結婚せざる娘われに愛想つかせしか母は遠出す

式子内親王のごとし一生を深窓の檻で過ごすかわれも

自らを旅の主役におきかえてルポライターのごとく振る舞う

ミステリー小説読みふける夜更け最後に迫る圧巻の章

アダージョの後に聴くのはカノンだと決めており夜更けの選択

空腹はわが心身を浄化して理性をたもつ武器とやならん

初夏にひとり聴き入るラフマニノフわれのからだを浄めん薬か

占いは秘密のちからあかすゆえ独身《こどく》の日々の支えのごとし

いつの日か性がなくなる齢がきてわれの苦悩もうすれゆくらん

性愛を求めつつそを拒むれば愛を知らざるうつし身なりき

虚しさを突き崩しゆく愛ひとつくださいと言わん素直なるとき

独り身のおんなが背負う苦しみは悪女が受ける愛なき責め苦

母親に抱かれている幼子が何故か吾《あ》を見て笑っておらぬ

秋の午後降りゆく雨の雨音は遠き世界へいざなう音か

点滴をうけつつ臥してしみじみと思えり医師という強き人

有機体の様な秘められし思いを沈めている*ソースプログラム

＊原始プログラム

ジャカルタ風若鶏と野菜の煮込み冬の痛みよシチューに溶けて

水仙の微香ゆかしと思えるにその花言葉うぬぼれと伝う

別名を雪中花という水仙の気品ただよう香のなかに座す

椿より小さき花びら寄せあいてこうべ垂れいる山茶花の紅

もみじ葉は霧雨のなかに揺れやまず光明禅寺は秋のまさかり

出張の途時立ち寄れる禅寺は紅葉撩乱視界綾なす

ひっそりと歌つくりつつ座す縁に深まる秋の陽が差してきぬ

ひとり居の淡きらんぷの光とて
心なごます
光とならん

ハープ奏者は女神となりて美しき夢の世界へわれをいざなう

ぜいたくを許せばこの身に満ちてくる光のうつわをとらえていかん

写真提供協力・北九州市役所広報課
諏訪市役所広報課

『私だけのカノン』の創作・編集にあたって

一貫したテーマは「いやしから気づきへ」。

最初はいやしゆくものを表現したはずでしたが、編集後、感じたことは、「気づき」というテーマです。

普通、人は自分で自己に気づくことは少ない。他のものによって気づくことのほうが圧倒的に多いはず。それは、他人であったり、もの（物体）であったり、風景であったりする。そして、気づくものは、常に自分の中にひそむもう一人の自己・アイデンティティー、自分の本当の姿なのかもしれない。

尚、題のカノンとは、パッヘルベルの「カノン ニ長調」のことです。

松田　久留美

著者プロフィール

松田 久留美（まつだ くるみ）

本名・松田泰子。

福岡県北九州市出身。福岡県立門司高校を経て、島根大学理学部在学中に短歌の通信教育を受ける。

その後、コンピュータのソフト会社に勤め、29歳のとき、再び短歌を創り始める。結社「橄欖」「地中海」を経て、現在フリー。

大阪市在住。

私だけのカノン

2002年３月15日　初版第１刷発行

著　者　松田 久留美

発行者　瓜谷 綱延

発行所　株式会社 文芸社

〒160-0022　東京都新宿区新宿1－10－1

電話　03-5369-3060（代表）

03-5369-2299（営業）

振替　00190-8-728265

印刷所　株式会社 フクイン

ISBN4-8355-1747-4 C0092